臺北眺朡夢

序1／不安的孤寂──讀秀實新詩集

林煥彰

　　我還不知道香港詩人秀實這本新詩集，要取什麼書名。他把他的原稿帶到台北交給我，要我寫序。我看都沒看，就一口答應，也沒問要何時交卷，就這麼糊裡糊塗的接了！接了之後，我就開始煩惱，因為一串傷痛接踵而來，一波又一波；首先，要寫這本詩集的序，先得讀完。要有時間靜下心來讀，就是一種壓力。偏偏從八月到九月，又過了十月，我還是沒能定心靜下來讀它。雖然我沒有忘記這件事，而且秀實還接二連三的提醒我，我也一直把它帶在身邊，讓它一路跟著我，走過台灣的東西南北，也走過金門馬祖，又走過中國大陸，飛越幾個省，到了武漢三鎮，去了「孔子使子路問津處」，在新州的問津學院待過，朗讀發表聚焦書寫黃鶴樓的詩，又陪我在黃鶴樓攬虹亭講學，為四十餘位學童談詩。一直到了十一月的這個月初，它都未離開過我的背包。最後在我由曼谷回台北的機上，我才讀完它。

　　讀秀實這本新詩集，內容是扎實的；不僅內容豐富，由於他採取編年方式，將2010年以來作品輯成書，除了第一輯由第一首〈台大鹿鳴園〉起頭，以兩行就寫下了他三十多年前，作為一個優秀「台大人」的學子留下一份深沉的感懷，也叫我這非「台

大人」，不由興起心嚮往之的情懷。第二輯起，他即明白標示了「2011年作品」、「2012年作品」、「2013年作品」、「2013年作品」等共五輯，而以2014年的作品為最多，幾佔三分之一。因此，讀秀實這本詩集，也有如倒吃甘蔗的感覺，甜美、飽足的回味。

其實，我說「倒吃甘蔗」的感覺，也不準確。我們讀他的第二首〈智慧書簡〉，你當發現、認識秀實這位詩人，和他這個人，是極為真實微妙的一個人。他是一個漢子，真實的活著，真實坦誠的告訴我們，他對人生、情愛、生命、死亡以及未知的歸宿，都有自己深層的挖掘，和獨特深刻的表現。從一開始就如此，在整本詩集中，不斷起伏、出現許多雋永耐人咀嚼的佳句和佳作。那詩中蘊含的真實生命、人生，他勇於表達的深刻體會和感悟。

秀實的詩，一向以長句為其特色。他挖掘、堆疊的能量，深厚底蘊，得細細玩味。如即上述〈智慧書簡〉，他說：

　　　　智慧的我終究可以擺脫生命的束縛
　　　　會有很多預言在我覆亡後兌現
　　　　如果有我的墓碑矗立那便是我一生的隱喻
　　　　記憶中的仇恨與愛慾如螢火般熄滅
　　　　那時人們翻閱我的詩稿並恍然大悟

那不是戕害，那是輪迴

接著再讀他的第三首〈鮭魚〉的第一節：

潛藏著的某些牽掛終於如湖泊中的鮭魚

在秋節的晚上浮出水面

天空是黑黝黝的曠野闃靜無聲

城市的秋燈山外亮著，穹蒼的星子

都因為誤信謊言而不慎掉落這裡

貪婪的馴鹿在窪谷追逐，寡情的烏鴉在枝頭噪動

秀實的詩不只如此挖掘、表白人性複雜，矛盾和哀嘆，更多的也是作為詩人的真摯情感抒發以及珍貴的省思，我們可以藉由讀他的詩，更加體悟人生的缺憾、生命的脆弱和不足。同時，相對於他前一本詩集《荷塘月色》（2011.3.香港紙藝軒版）的作品，同樣的長句子的表現，顯然現在這本詩集中的詩作，語言的張力、詩質的凝煉，已擺脫之前散文化鬆散的傾向。

在這裡，我想跳過很多詩作不談，接著來讀他在第四輯「2013年作品」中的〈夜間〉，他說：

夜如一個披著黑色頭篷的老者終於蹲在岔路口

我流落在這個小鎮並憐惜著一個溫暖日子的消逝

拋上錢幣換回一些樹幹上的成熟歲月

有葡萄的甘甜香蕉的生澀與乎南洋雜果的熱情

抱著的仍舊是空虛，整個空間仍舊是空洞

不發一言的睡與醒間，便感到中年身軀的頹壞

如果是遊戲那我最終會揚起被褥宣告投降

忽然靜下來的老者，他點起了香煙

我看到夜間的臉孔，同我一樣的蒼老

　　再次強調，秀實的詩，一向都是如此書寫自己，忠實挖掘自己內在心靈的不安和孤寂；說是有所隱藏，也有所告白和曝露，是真誠的一位詩人，也是一種宿命的不安的詩人。（2015.11.15/09:33研究苑）

序2／以夢為馬的詩人

　　那時正是仰光的乾熱季，觸目皆是炎熱的陽光和讓心靈清涼的佛寺；我在「第八屆東南亞華文詩會」上遇見秀實，並喜獲他的詩集《荷塘月色》。自此認識個性幽默風趣，詩句卻不時流露憂傷的秀實。

　　《台北翅膀》是秀實2010－2014年的作品，集結了六十七首詩，透過內心追尋已知和未知世界的細膩感觸，詩人以其別具風格的長句型詩句，與他在紅塵間心靈的跌宕喘息緊密結合。在〈夜盡了〉這首詩裡他以英國詩人約翰‧克萊爾的詩句「我就是那個消費自己悲痛的人」為詩引，對於詩人而言，痛苦也是一種封殼的破裂吧？他將自己的內心剖開，一字一句流露的誠懇和真心讓人心折不已！

　　閱讀詩，我們時常可以從文字中發現詩人的生活背景，生活型態和內心的糾結；這本詩集中約有33首詩以夜為背景，試舉幾首為例：

　　　　[亡靈] 夜了／天使總飛翔在我的左右／或歇在紅綠燈桿子上／或立在咖啡店玻璃窗前／看著落泊的我孤單地寫著一

個王朝的衰亡史

[龍山寺] 靜靜的穿行在兩岸寬廣的河道上／盛滿了擁擠的翅膀和痴怨不滅的煙火

[西門町] 塗抹了脂粉的夜色和燈下鬢髮的笑靨／消失在拐角處的都是插上翅膀的胴體

[七號咖啡館] 一群詩歌圍著幽暗的燈火在拍打／那些拼離了的咖啡豆仍在熱鍋裏舞動

[鮭魚] 潛藏著的某些牽掛終於如湖泊中的鮭魚／在秋節的晚上浮出水面

[臨終] 掛在天空的星子說明了我滅亡後歸去的距離／那時沒有一個熟悉的臉孔在身邊

[戲作五行] 當那些陳舊的匣子翻開了我已是貧窮得沒有往日／今晚有彗星披著它的華服寂寞地走過秋空

同樣是以夜為背景來寫詩，難能可貴的是秀實的文字永遠新鮮而不流於通俗。

另外，提及燈火有19次，提及肉體有10次，提及慾望和欲念9次，提及死亡，輪迴，墓碑天國和孤寂合計約11次。夜和燈火是緊密相連的，詩人長期居住香港，時常熬夜，燈火常常就是伴侶，無論是在燈火下遙望城市或在溶入夜色中行走，思及前世今生和輪迴、死亡之種種，詩就是孤寂的解藥。而「慾望」跟「欲

望」兩詞各有分工，界說不盡相同，前者為求不得以及想滿足不足的感覺，後者則為一種動機。文學的天地廣闊無窮，秀實在詩中不時探討生命的真諦，紅塵的種種艱難，其結構緊密的詩學充滿美學的意象，時常讓人低迴不已。

　　2014年是奔馳的馬年，秀實曾寫了一首〈馬年〉，全詩如下：

那些馳騁的歲月終於露出它飛揚的尾巴
霧霾中那人的身影仍徘徊在
那一小截鋪著青石卵的死胡同內
今夜，陰冷的夜空如一醰老醪般沉靜

六十年前我來到這個濱海城市如今卻頹然老去
有太多的傷痕未癒令肉體依然在痛
曾經以夢為馬，在熱熾的故土上奔馳
那些晚上那些紅顏和那幾回扶欄的悲悽

甲午紀年，讓伏櫪的在深谷憩息
剩餘的願望是抵達夢想中的低窪地
花香鳥語外，生命已別無其餘
走來那人，扶著我慢慢安詳地躺下

將馬之奔馳，歲月之快轉隱涉自己的生命中的悲喜，第一段寫外在的景，在第二段轉折進入內在的情感世界，這應是秀實常用的技法之一；老去是一種過程，傷痕是浮世難以避免的經歷，我相信以夢為馬的詩人秀實，也將如海子的詩句：「萬人都要將火熄滅　我一人獨將此火高高舉起」，海子藉此火得度一生茫茫的黑夜，而秀實將會有無數的馬年，永遠在詩界奔馳！

目次

〔輯二〕2011年作品

〔輯一〕2010年作品

亡靈

冬天之後我甦醒過來城市一樣焚燒著所有的慾念
陌生了的樹木結著桃紅而多毛的果子
我如一個久違的旅人穿越那些街巷和陸橋
懷中收藏著一卷名冊紀錄著天使的名稱
夜了，天使總飛翔在我的左右
或歇在紅綠燈桿子上，或立在咖啡店玻璃窗前
看著落泊的我孤單地寫著一個王朝的衰亡史

為了建立我的王朝我顛覆了既定的制度
也背叛了固有的契約而在逃亡的下半生
我關閉在房子內等待審判官來叩門
沒有了季節也沒有了晨昏

我是詞語做成的亡靈飄浮在另一個空間

遍地骸骨中我守著一間小屋

或有進來的人看到微弱的窗內我枯坐椅上的黑影

補記：這首詩寫成後，在紛擾庸俗的生活中丟失。某日客寓深
　　　圳，晚上無聊搜網，在2006.1.24.每日一詩電子報（二）
　　　第1930期中尋回。

台北翅膀

龍山寺

靜靜的穿行在兩岸寬廣的河道上

盛滿了擁擠的翅膀和痴怨不滅的煙火

（記）二月十日黃昏，一個人往龍山寺觀燈。龍山寺位處台北
　　　萬華區。萬華原稱艋舺，於台北原住民平埔族人而言是
　　　「獨木舟」的意思。

西門町

塗抹了脂粉的夜色和燈下髮髣的笑靨

消失在拐角處的都是插上翅膀的胴體

（記）十日整夜浪遊在西門町，在一間麵館晚膳。台灣女作家簡媜以「脂粉盆地」來形容台北。華服初披，華燈漸黯，細味市井，有同感焉。

永和

捷運把新店溪對岸的藍天帶到這邊來

在這條前生的小巷子盡頭

失落了的羽翼遇到季節裏最後的一株凋零

（記）十一日中午，坐捷運往永和。於永安市場站下車，踅入旁邊的一條小巷子，尋得一間佛寺，並在附近的圖書館溜覽。

台北國際書展詩歌朗讀會

仍然堅持著不枯萎的蘆葦與乎

漆黑的頭髮上有無數的螢火蟲在飛舞

（記）十一日傍晚往台北國際書展二號展館會場，出席「無
　　　情詩part2」朗讀會，得見管管、顏艾琳等詩人。艾琳
　　　並贈我閻志《輓歌與紀念》、楊克《有關與無關》兩
　　　本詩集。

七號咖啡館

一群詩歌圍著幽暗的燈火在拍打

那些拼雜了的咖啡豆仍在熱鍋裏舞動

（記）十一日晚與詩人紫鵑、侯馨婷（著有詩集《囤積秘密的蟻句》）、小說家馮琹珊（著有《女身上帝》）等，驅車往新店「七號咖啡館」。此咖啡館為詩人黑俠所開。在書架內發現多冊廣東潮州的《九月詩刊》。而黑俠的詩集《甜蜜的死亡》即將出版。

板橋

瓢蟲七彩繽紛的翅鞘撞擊在觀景玻璃上
那個睡著的人披著灰濛濛的外衣
右手牽扯著灰濛濛的氣球

（記）十二日午間與紫鵑午膳於板橋。飯後登板橋市府大樓，眺望小鎮全貌。再到高鐵站的「injoychocolate」咖啡館閒坐聊天。及後，弟尊榮來會，敘會方結束。

台大鹿鳴園

一起涉河遷徙的歲月已遺忘在盆地以外

我聽到瑠公圳下的水流叫喚那散落的羽翼

（記）十三日中午和台大中文系舊同學相聚於校園之鹿鳴園。
鹿鳴園旁是日治時期台北瑠公圳遺址所在。宴會上，有
相隔三十餘年才再遇上的，容顏易改，已不復當年之飛
揚。惟席間鈴鐺之笑語不絕，心懷為之激蕩。詩經：
「呦呦鹿鳴，食野之萍；我有嘉賓，鼓瑟吹笙」，甚貼
當時景況。

智慧書簡

曾精確的計算著每次的聚合與離散
穿插在人群麇聚的街巷如躲避暗角裏的冷語
這個城市快將隨同我邁進頹敗的世紀
灰黯黯的天空上，曾經有煙花書寫著一些慶典
妳是離開了，沒有我的送行也沒有任何儀式
整個城市徒然寂靜下來，行人和燈火都沉默不語

我開始思考餘下的日子，並憂慮著死亡
窩藏在偏遠的房間內，拒絕任何的餽贈
對所有的言語和眼神，都感到狐惑
躲藏在詩的謊話中並虛構一個寫實小說

固執的認定來生，並欺騙著殘餘的今生
信任某些幻象尋找下一個城市

智慧的我終究可以擺脫生命的束縛
會有很多預言在我覆亡後兌現
如果有我的墓碑矗立那便是我一生的隱喻
記憶中的仇恨與愛慾如螢火般熄滅
那時人們翻閱我的詩稿並恍然大悟
那不是戕害，那是輪迴

鮭魚

潛藏著的某些牽掛終於如湖泊中的鮭魚

在秋節的晚上浮出水面

天空是黑黝黝的曠野闃靜無聲

城市的秋燈在山外亮著，穹蒼的星子

都因為誤信謊言而不慎的掉落這裏

貪婪的馴鹿在窪谷追逐，寡情的烏鴉在枝頭噪動

月亮冉冉升起，月亮的清輝把我的雙臂

照成兩截離開了湖水的秋藕

月下，我的衣袂飛揚我的身軀

如蓮篷般結出了果實

那些傳說中的花事已逝如夢幻而

浮在湖面的鮭魚，又潛逃在湖底深處

臨終

掛在天空的星子說明了我滅亡後歸去的距離

那時沒有一個熟悉的臉孔在身邊

窗外的夜色很沉靜，咒罵聲隱沒在泥土底下

我感覺到，給捧著的花香和

遙遠山外傳來的微弱鐘鳴

我知道，一切的榮枯與愛憎都

隨最後的閉目而寂滅

當日我的書寫將存留下來

並引證我的真實與罪咎

遠方開始有蝗蟲如黑雲結集

稻桿上的穗粒下垂

無悲無喜的那個稻草人

正在凶年裏，傾斜著身軀

麻雀群來了，飽食遠颺

連呼息也如此軟弱無力的大地

輕輕的，便把成熟的季節埋葬了

有人站在高崗上，讓黑髮飛揚

而我，成了一個流傳的名字

叫，愛或恨

戲作五行

當那些陳舊的匣子翻開了我已是貧窮的沒有往日

今晚有彗星披著它的華服寂寞地走過秋空

悲愴的心與乎落拓的臉容，恍惚間如雲般吹遠

夢裏有雨聲隔著窗帘傳來而此時你卻在簷下聽風

所有的文字終必肢解為季節的簷滴與松濤

寫一個城市

如在鏡子裏看到赤裸的大地
沒有任何的路燈與廣告牌
只保留那種原始的草木與沼澤
讓逐水草而居的鳥獸停駐

我感到那種不屬於我的
脈搏的起動與溫度的潮熱
一個城市的陌生人
匆匆的遺下偽善的捐獻

除了能安穩的上下班
窗外的城市已浮蕩著歲月的躁動

清晨與黃昏徹底把我肢解
壞事發生在路途中好事都在房間內

那些貯存記憶的和思想的
那些逆反的事象與你們的悖論
我立在陽台，看腳下的城市
如潰敗的堡壘正逐漸崩塌

一番言語的放縱可以抹殺了
一次重大的天氣預告
我相信禱告的真實只因樓頭的鳥聲
像我生命的牽掛，那般脆弱

漂流的領土

曾經是我的領土背叛了便日夜漂流著

有大自然美麗的泥土讓我擁抱

冷凍的月亮熾熱的太陽是季節

收割不完的是蜜的葡萄

撿拾不盡的是海洋的扁貝

為了宣示主權我曾經多次把旗幟插上

歷史記錄了一個新皇朝的誕生

當開元的盛事過後燹火冷卻

內心便傳來一聲聲傷痛的嘶叫

我柔軟的身軀已證實我的衰老

那是一個夢土，我在夢中擁有

碗

那些桐花在幽會過後便如雪般落下
燄火冷卻了，充滿慾念的肉身已然成型
淺水卻能躺著一塊一塊的黃魚
飽食遠颺的是擱下時嘴角微微的掀動
日影在慵懶的午睡間逐漸黯淡

春日如一層層塗拭了的青釉永不消逝
凹陷的造型，便於朝向藍天
盛載窗帘後的回味與簷漏間的叮嚀
當我們吻著時，彷彿又聽到
那仍然懸掛在枝頭上的細碎鳥聲

杏花邨

這裏是一個濱海的屋邨有一條馬路

南面商鋪的櫥窗反照著鯉魚門上的藍天

清晨我走過這裏有榆樹的小葉子飄落也有

桂花的香氣浮蕩在空氣裏

中年以後一切色彩都淡化了形狀也

是變動的如拍打在岩塊上的海浪

我知道今天青衫已不再飛揚而

那些倒懸在枝頭的日子終究會來臨

春霧，卻緩緩地浸淫過來了

我終於尋找到，穿越在霧裏的

那個往日的背影仍徘徊在路途中

背包裏，承載的詩稿如打掃人

在街角堆累起來的枯葉

埋藏著的那些悔疚與永不癒合的裂口

在薰暖裏暴露在潮濕的地上

成淤泥般讓我帶淚走過

等待

一個簡單的思想在等待中逐漸枯槁

如枝椏上的果實在靜候教堂黃昏的鐘聲

而當鐘聲響徹了整個無垠的麥田

那些擱在麥穗上的鐮刀卻仍舊熟睡著

大板車空空蕩蕩地盛載著降臨中的黑暗

我走過麥地走過記憶中的胚芽氣味

躺在一個布滿坑溝的土丘上

野狐與獒犬在四週的叢林內穿梭

凶鷲立在樹頂上，注視著我鼓脹的肚腹

慾念澎湃淹沒了過去的星辰

我想我將沒頂，而我放棄

在漩渦的中心舉手求援

唯一的地平線上升起了烽煙
一面細小的卻堅持黑白色的旗幟
恆久飛揚著，並在掙扎的生命裏為我
指引一個光明磊落的方向

桌

我身後那些人潮聲如風吹過叢林般
有的是了無聲色地離去
頭上的水銀燈是不落的日照把
這個綠絨般的草坪照亮
那些不同的花，那些不同的時間
接二連三地開著和流失
我期待的結果，有時跌落我身旁
有時堆滿了板車

如果是晚景又孤單
如果許多人的消息都給吹散
我仍坐在桌前，呷一口茶

手拍拍桌面，或搖擺著

沒有想過，在一座宮殿裏

我可以呼喚著侍衛

可以在一片綠草坪上

任由花朵盛開，是荒年或豐年

迭詩

當一切都隨你飄遠我把鐮刀擱掛起

飼養了二十年的藍天今早下起雨來

屋前的麥田喧鬧著整個山野在躁動

在爐火的灰燼前瑟縮著讀我的迭詩

前奏

在白茫茫的雲間俯瞰連綿不盡的凡塵與蒼生

沒有了前生如赤裸的身軀只剩慾念的存在

所謂生之疲累，是一隻季候鳥在冷暖的輪迴中

倦倒在沒有樹木可棲的深谷中

此時妳降臨了，妳以五花八門的前奏

我是唯一的信眾，也將是把妳推翻的叛徒

那個角落

把一些東西安放到那個角落去
生活是無奈的總有許多排遣不去的色彩與聲音
呢喃晚上的夢魘與耀眼白天的迷茫

那裏是個沒有時間也沒有風雨的空間
那裏的鷗與豹，可以不歇地翱翔與奔馳
那裏滿空都是白羽毛和黃色風鈴花

滅亡後形骸成了瑣碎的存在
所有勾連的都脫節因果都解體
已沒有背叛的詛咒也沒有生日的祝福

那些東西成犄角之勢，時間在流失中
那個角落成了一個永不磨滅的存在
遙遠、發亮、在天堂如一顆恆星

向左走向右走

給詩人張三中

那些綠化樹在南方灰濛欲雨的天空底下
沉默地把季節的色彩勾留在枝椏間
背後是蒼涼的大海與寂寥的燈塔光
我們的車子穿越隧道駛上高架橋
路面的防滑帶提醒我們前路的詭變
而隱藏著的路牌，書寫著同樣
執迷不悔的經文：前行的如一隊
羚羊，追逐欲望的水草而後面總有
雲豹孤單的影子，以矯健的步速緊隨著
遷徙的路線上散落無數的福音

燃燒不歇的人才有福的，因為他富有

並承載了一切的苦難與荒謬

雲層背後，落日依然

我們深信的一種潛規則

正慢慢地消失在浮游的水粒子裏

當另一個城市升起時便即天國的重臨

前方烏雲結集山巒如海浪翻滾

向右是逃遁，你遲疑中的向左

把所有的真理推翻

私語

燈火華麗，焚燒著所有孤寂的餘燼

流星劃過夜空殞落了所有的明天

貼耳磨鬢地私語著這個飄泊不止的城市

一頭昏睡的黑貓匿陷在牆角的暗影中

肉身三題

替身

那時候我慣常地讓蒼老的大地裸露著

因為排除了對季節更迭的佈置我總是

任由風雨或烈日洗刷著那些歲月

有人向我宣揚季候鳥往返的規律而我

總讓原始的欲望飆升至洪水的高度

於是我沉溺在浮蕩的潮汐中

讓肉體蘊含飽滿的色彩也充塞著呼喊聲

而當最後的光影同時黯淡下去

躲藏在漆黑的城市裏的，我的替身

便如同一隻脆弱的流螢般，離開曾經
白茫茫的蘆葦枝，並遠離所有人的目光

真身

這個房間堆塞著不同年代的儲存物
但卻是一個只剩下白色牆壁的牢房
晚上我逃避整個城市的話語
和一頭赭黃的花貓躲藏在這裏
夜色很涼很靜，遙遠的燈火很空曠
我在看一齣黑白的電視劇並念想著
我死去後妳仍然在讀我的詩稿
而我，終於卸下所有的衣物了

妳卻看不到我的真身
雙手的觸摸與心的搏動，在努力地
論述一盞懸在門檻上徹夜守候的
微弱燈光。我的皮膚是荒涼的脊地
妳輕輕的如藹風掃著，於是我
睡著了並有了永遠的夢境

不壞之身

當所有的器官枯萎成一株秋後的槁木
散落遍地的樹葉便成了摺疊的文字
在秋風的蕭索中反覆吟誦著一篇懺悔錄
所有華麗的倒影都隨流水而去

天空上有浮雲如遊子般飄蕩

而當這裏回復為一個荒蕪而闃靜的高崗

橫躺豎靠的石碑在穹蒼底下沉默著

日影又斜，山外的千燈萬戶依舊

迎風招展的旗幡依舊

我相信，有一個人從山腳攀爬上來

她尋找的是有關我的謎語，我的不壞之身

存活

這裏沒有一個相同的個體我孤單的存活著
我的觸鬚感覺到你咀唇的愛與恨
而現在，我躲在與生俱來的硬殼裏
讓日夜慢慢地消逝只因路途是愈來愈難走

外星人

窗欄外的天空是一泓幽邈的湖水

埋藏著不可估量的魚眼和貝殼

我桌前的一盞燈，滲出香薰般的暖光

熒屏的文字在慢步緩行

它們的足跡記錄了這個城市的孤獨

如燭般燃燒的歲暮如風乾中的魚屍

將隨這個夜間，沉沒在記憶的浩瀚中

我知道他一直在窺視著我

包括我裸睡時頹敗的肉體

那些連續堆積的文字，如一場大雪

不過是一種現象叫永恆的冬天

充斥著的電波頻密而虛渺

因之我們相處卻依然孤獨

他整夜枯坐窗台，他把睡眠看作死亡

台大綜合教學樓聽汪中教授說義山詩

那時盆地下著一場滿懷心事的春雨

路盡頭處的那棟紅樓

在雨砸樹葉的聲中，把鐵門緊掩

深夜時份，如果雨點仍飄飛不止

那個人會騎著自行車來

立在樹下，看二樓的一扇窗門

珠箔後的燈火明滅和人影搖晃

懷裏的一卷未完的詩稿

便紀錄了他歸去後的窮愁潦倒

在綜合教學樓的課室內

擠到走廊上的那些年輕書生們

都沉醉在綿綿春雨和玉溪生的吟誦中

而我，等候著的女子終於也醉倒了

從歪七扭八的詩句裏跌宕出來

撐著傘，穿過體育館的簷廊

細碎的腳步敲打在石板地上

當下課的鈴聲響起，她登上了一輛馬車

並垂下了文學史的繡幕，絕塵而去

附記：一九七二至七六年間，我在台灣大學中國文學系供讀。
　　　第一年取得「吉錚文學獎」，及後幾年成績也比較優
　　　異，再拿了數次獎學金。應該是七六年下學期吧，台灣
　　　師範大學的汪中教授來台大開課，講「李商隱詩」。
　　　中文系的同學聞風而至。修讀不了的，都作旁聽生。課
　　　堂時，來聽課的學生們擠滿了一零一號教室，向隅的只
　　　有倚在窗欄、靠在甬道，聽教授沙沙其聲而不見教授爍

爍其人，並低頭在做筆記。汪中教授的國語帶有安徽口音，我並不能完全聽懂。那時班裏的同學王慧珍，在課後把她的筆記借給我抄寫。後來我回香港，輾轉耽擱半年，才把這本珍貴的筆記本寄回給她。

那時台灣大學校園幽美，醉月湖、傅園、十一宿舍、綜合教室、總圖書館、舟山路外的農地、椰林大道盡頭的拇指山等，都給我留下無數難忘的記憶。我大學四年級時的散文〈花城碎曲〉中，便有兩處記述了汪教授講義山詩的情況。文章共有十一則，分別是第一則「紅樓隔雨相望冷」：「下午，汪教授在前面，講詩的節奏，玉溪詩卷內一字一句，都誦解成片段憂鬱，斜斜的飄落。李唐千年，長安，古宮御道，『車走雷聲語未通』，飄然的來到腦中。」第五則「片段」：「期考前的一個傍晚，綜一零一教室內的演講。講台上，汪教授用八世紀，唐人的調子，誦讀玉溪生的七律，『⋯⋯白門寥落意多違。紅樓隔雨相望冷，珠箔飄燈獨自歸⋯⋯』，我目光跨過無數的髮河。」這篇文章發表在一九七七年十月號的《當代文藝》（第一四三期）上。時光荏苒，回首倏忽，已踰半生，海角天涯，羈旅八方，物不盡是而人面已全非，徒添無限唏噓。

〔輯二〕2011年作品

迴避

不必回避那迎面而來的廢墟生活
我背負著的罪孽讓這裏有了永恆的冬日
苦楝樹遍植的馬路上，黃昏有一場雨水
把這個孤寂的黑夜引來我枯坐著的窗戶外

沒相干的人在霓虹招牌和綠化樹下穿越
飛鳥以不名命的姿態，歇在簷漏
遠離了的人和事遠離了的和煦春日
棄在一條窮巷裏，卑賤如鼓脹著的垃圾袋

所有的都柔軟只餘下書寫的力量在
於是一個人的論述開始了

無聲無息地門外有人影佇立，正遲疑著
我已關起窗門，移好桌椅的位置

我抬頭以畏怯的目光看著門後的你
身後是滿城的風霜而你的眼神如炬
於是，你的三頭六臂忙亂著
但我看到你的血液和我一般地湧動不息

寫臉

如一冊讓秋風亂翻的詩卷擱在窗前

簀夜不寐的幽靈是，生命短促的翅膀

曾歇力地飛向城市角落最後的燈火

點燃著孤燈，在夜裏如漆黑中的燈塔

勾搭那些浮蕩的偷渡船向我靠近

散落的零碎的歡娛，讓無盡的灰再瀰漫吧

孤單的空間質疑所有存在的色彩和笑靨

有沉默的語言與牆外的影子在交談

流失的時間已憶記不起床榻上的體溫

誰是那個短期的旅館，誰是那個醉倒的酒吧

墓碑

整個世界在逐漸消失中我死守著一個房子

傍晚遠方的森林傳來鑿石聲如燕子樓中的水滴

那些沉落湖底的倒影有我一切的悔歉與創傷

窗外是荒涼無垠的星空寂寥的漆黑

我看到我的，和我的愛人的墓碑

沒有生卒年的如同這不老宇宙的一部份

聲音

那些聲音徘徊在鬱結的樹木和落寞的簷漏間
如午睡時的涼意細微的滲入慾念空懸的袋子裏
背影總是美好的，因為我們看不到那貪婪的吻
飄擺的衣袂在誘惑著，離群的危險漸漸迫近
有人竟然在雨簷下說，不必趕路了

據說很多謠言妄語是在經文裏給發現出來的
所謂唯心，只是對情人一廂情願的詮釋
而唯物卻是一帖迷藥讓夢永不蘇醒
左頰深陷的罪孽，右頰糾結的牽掛
在浮蕩的床榻上輾轉反側著

途中口占

那一根繩索斷落了井底的月色
攀附著的蔓藤，新綠覆疊在暗綠上
青蛙的噪聒與死寂循環相間
不信任陰霾和晴朗，恆久地守候著
冷落了井床的那人再回來

峽山

我拋棄了路途上的山水來到峽山

長途汽車停靠在客運總站時天色已半昏

峽山用它澄明的夜色說秋天比我來的更早

聽說峽山也有像秋蟬般歌唱的詩人

他們會躲藏起來，黑夜裏披著蟬翼般的衣服

夜涼如水，瘦月如眼眸勾引著遊魂野鬼

尋找那些飄蕩不羈的詩人

她們會隱藏起來，化作買菜或帶孩子的良家婦女

假如在街角遇上了，並和她們搭訕起來

她們弱不禁風的身體會感到更羸弱

日子苦苦地吞咽著夜露的冰冷

峽山的燈火漸黯，秋色漸濃，人漸蒼老

芙蓉樓

那裏的風光遺落在我們話語以外
應該有觀水的哲人仍然徘徊在橋畔
登高的日子，負手踏上芙蓉樓

因為樹木和旗幡的搖幌，我們知道
有風吹送著那些名字熟悉而不曾相見的人
痛飲舉杯，是為遠方那些殞落的星辰

在貶謫的日子裏，驛道顯得困頓難行
門外車水馬龍似一列隊而過的儀仗
為一個貪官榮歸故里而歡騰

瑟縮樓頭談論著詩歌和密函
語言軟弱如書生手裏的筷箸
只能夾著另一種忠義的骸骨

那些燦燦的芙蓉，將植於晚年的生命
如書頁的翻卷著，記載著一截佚史秘聞
秋雲捲舒間，我們消失於這個

荒誕的時代。芙蓉又盛開
看花的人川流不息
看花的人現在只是為了

看花。只是這個城市是無味的
看著滿桌的美饌玉液我們同時
嗟嘆那些陌生了的諫議

七月之詩

七月三日，預示我的敗亡

這是一個時間擁有極其牽掛的流浪

移動的山與凝固的水都在我身後

我只能一路向前把背後的風景都安頓好

群山簇擁都要在東北面堆積

百川如帶都要在西南方糾結

生存是一種不歇息的悲傷尋找

只有一扇窗戶的房間

讓我坐在這裏，看雨並眺望黯影幢幢

的明天和埋藏著黑熊的森林

我看到黑熊了，那是在七月三日以後

牠優雅的在叢林中步行

碩大肥胖的身軀顯示牠的食用充裕

發亮的鬃毛與閃亮的眼眸

是一種癥狀表示牠性情的溫順

我離開了這個房子，向牠接近

牠也看到我沒有擎著槍枝的裝束

我慢慢步移向牠並伸出歡迎的雙臂

而牠一翻身，如整個黑暗向我撲過來

七月十九日，把我風乾

我枯坐在這裏已好一段日子

整理著案頭堆積的文件和宗卷

那是一疊冗長的紀錄把我的往日

連同我的罪孽一併記下的秘密檔案

我已在悔過書上簽好了名字

把我僅餘的財產分配好

向山的小房間望海的陽台

我留給盲目擁護我的人

讓他在這裏可以

慢慢翻閱那時我已整理好的文件和遺物

他終會發現歷史的真相

並驚訝於一個有愛的人同時有罪

他為我寫下的墓誌銘會這樣說：

畢生都在逃遁之中而

仇恨他的人身上都懷著利刃

他們用來削下秋日的果子

而，我已把自己懸掛在城市的北面
如一面當風的魚旗幟
我沒有了淚水也沒有了思想
是風乾了的殘骸卻保留了吶喊

七月二十八日，我被拘捕了

我一直過著假釋的日子等待最終的審判
房間的角落上可能有隱蔽的監聽器
陽台外翱翔的蒼鷹，聽命於我的仇敵
牠們以鳥瞰的角度掃描和紀錄了
我頹敗腐朽的身軀與荒誕不經的思想

我一直逍遙法外是因為我的無知

和那種酷愛收集空洞盒子的嗜好

別人總以為盛滿了愛與恨

而那只不過是站在黃昏的欄杆

看一切都像若有若無的呈現

但，這個七月二十八日，我終於被捕了

因為我也學會了仇恨和記憶

我在這個城市的關口前，被緊追而來的人押走

那時我正攜帶著我私秘的黃貓

策劃著一次反擊：把歷史的真相揭露

四面楚歌

那些樓宇把天空重重圍困著

如一口井般我跌坐在中央

東面是快將覆滅的王朝

那些赭黃色的旗幡如一群停歇著的

鳧雁拭抹了秋空的書寫

我的敵人藏身在南面

她在暮色中穿越了窗櫺和台階

帶著當日我撰寫的偽降書

交給叛黨換取華麗的名銜

有淒愴嘹亮的笛聲從西面飄來
那是一個隱居在首陽山的義士
因為勸諫不逐而遺世獨立

我往北面的洞穴逃遁
有我的妃子我的子民和我的寶藏追隨
那裏也有我荒涼的陵墓
和在風雨中守候著的一株白楊

攻城

記武昌首義

有一條河流穿越了千載空悠悠的藍天和白雲
此岸有讓人登臨的樓那裏是漢陽樹那裏是鸚鵡洲
彼岸有裊裊的琴音縈迴著滔滔江水
歲月在蛇盤龜息的江山裏，踏進又一個

金秋。而道義恆在律法之上
那時城內的黃龍旗在風雨中凋萎如秋日的蘆竿
城頭上的青天和白日，綿延至塞外無盡的黃沙
那裏有蒼茫夜色、牛羊和

炊煙。騎著馬的少年勃發的英姿
右手提著的指揮刀，利刃在星火下閃閃生輝
萬里江山就在前面，革命就在鞍馬顛簸上
把利刃向前揮，直戮遙遙的

天狼星。炮火聲便如節慶的燄火般
燃燒在繁華的街巷，燃燒在寂寥的鄉郊
再漫漶到整個武昌城
終於驚醒了酣夢的大地。有人

在當風的瞭望塔，懸掛起一面旗幟
書寫著一個不同的天空和大地

那是自由、平等、博愛的領域

那些畦土上的黃花，開遍江南江北

人

七月的風是那樣的不歇地吹動著
沒有半絲的思念因為一切皆如光的消散

所謂寬容只是把罪孽推到明天
而明天又將是一个沒法詮釋的陰影

無眠的夜晚懸浮著遙遠的訊息
讓歲月無聲地沉溺

羸弱的黃昏已是最後的一線光
像遺落在西邊的神

〔輯二〕2011年作品

終於失手了，燈光漸亮
反照出那個庸碌的被創造者

〔輯三〕2012年作品

市場

我們躺臥著看漫天都是雨後的流螢飄舞

有七色的亮光和微寒的子夜訴說肉身的存活

漆黯裏只能用雙手撫摸著堅硬的昨天

溫度逐漸回升，而等待的果實隱然糜爛了

失去彈性，並露出了那些異變的色斑

這個市場已崩坍我們同時溺斃在餘下的貪婪中

旅館秋月

我看到那月亮吊懸著整個盆地的秋意

我看到那摩天樓燈火焚燃著這個城邦

在斑馬線前我的思想不再有影子追捕

這個夜晚，讓舊年的落葉鋪滿了寂寥的台堦

能勾起了任何一段往事和悲愴

酒酣夜別，所有的臉容都蒼白如霜

日子當然美好，設想秋後有一場漫空大雪

寂滅了當日那些言笑晏晏的雨聲

流動的雲和流動的歲月無疆

圍困著我的是層層疊疊的蒼老山脈

佝僂的背影，爬不過旅人寥落的月台
背著這個城邦我肢離破碎的苟存下來

不在遠去的懷抱，那一袋永恆的橘子
在深夜的旅途中從無人的座位上滾落
那些路過的城鎮都有相同的月台
都有落拓的背影在月下走到渺遠

回歸到那幢靜寂的旅館
窗外整個城邦消黯如一醒秋醪
我採擷一生的果實醞釀不成
在書枱前靜佇夜話的，瓶與罍

桐花

熾熱的生命拒絕以雪來詮釋美麗的誤會

掇掛在枝頭上的是一種姿勢叫幽會

流光在還迎欲拒中涓涓消逝

慵倦的眼眸，不想分辨那暗影裏的游絲

念想起那個火車站在晚風中

汽笛悠揚間妳提著行李沒入月台的渺暝

多少年啊，所有的言語都是柔軟的

只有肢體的溫度能尋回遺忘了的江湖

這裏的風光都凝固為色彩斑斕的圖騰

如看到那曾經含苞待放的前生

〔輯三〕2012年作品

純白是堅硬的，成就了永不落幕的饗宴
今夜千樹如燈，焚燃在我們的沉夢裏

疲累了，有湖上的星子徹夜守望
收割的季節中有晚禱的鐘聲盪來
當我看到桐花遍落在妳們的頭頂時
話笑間，冷不防也撥下滿肩的殘骸

抱枕詩作

傾倒

以嘆息把手上的熱茶待涼

並嘆息那人已離去，空餘一張椅子

座墊那些玫瑰花仍簇簇盛開春日仍暖

當日照漸黯樓下傳來急促的蹬音

那人回來了並帶來一襲屬於二十五歲的羅衣

和著影子倚立門楣的是妳的前生

沉默的空間讓所有的語言都暴露了它的軟弱

沒有所謂守候，等待的人都歸來了

妳把剩餘的茶喝下，並慢慢還原妳的肉身

那是妳最後的放縱，俗世都不過是妳的眾生

冬夜

剩餘一個思想在冬夜裡瑟縮著

那些禦寒衣物橫七亂八散落遍地

擁抱著時間和你的來生

雪花如落葉飄下，掩沒了我們的話語

當寂靜的窗框有流星劃過

你轉過身來以二十五歲的慾望背著我

而我正在背誦一首失題的詩

兩個世界

生命消耗著如疲累的果實開始腐化

我懷抱簡單的思想靜待煙消雲散的終結

世界如此的輕，如此的飄浮在如流的歲月裏

我浮游的鰭翅在南來北往中抖落了色彩

讓一切前塵往事都停止它的喧鬧

肉身腐朽前所有的苦樂無非是一種悔疚的痕跡

引證了我末日來臨時的幽居獨處

躺下來的是肉身，當黎明降臨時

你把你的前生和慾念都喚醒在綿綿春雨中

捲夢

用酣夢把整個夜空連同星子捲起

晾掛起的袖子便隨晚風飄落在無盡的天井

那時你也在夢裡而你感到如水的涼意

有破碎的時光掉落

我們迷失在明日街角的相遇中

廢墟

那個殘餘下來的廢墟埋藏著我永恆的悲傷

粘連著的建築支架在風雨中危危欲墜

只不過是簡單的意念卻因為純潔而

有了強大的引力，如一顆星體的誕生

所有的橫豎直曲都寄喻了今生的苦厄與來生的冀盼

蜻蜓的折翅夜鴉的失聲與乎

瀰漫在空間內一種末世的氛圍

我詮釋了最憂傷的存在並預告了

擺脫不去，將會是孤寂的，在廢墟中老去

窗外總是一闌珊的月色遍照江湖滄桑

〔輯三〕 2012年作品

終於，我是溘然而逝在這個虛幻的城市中
沒有一雙翅膀驚惶拍打也沒有一場雨水悲慟灑落
街角仍舊霓虹閃爍妳們的身影仍然亮麗
無人知曉這個廢墟了也無人能過度到明天
所有的，都在繁華中誕生也將在繁華中殞滅

〔輯四〕2013年作品

那些

那些溫暖的風吹進我的髮梢和頸項

如酣眠中的呼息緩緩起伏

肢體蒼老成枝椏緊緊縷著一個春夢

而歲月，孤單在夜風中佇立成瘦骨嶙峋

那年初夏，我路過這個南方的小鎮

遇上一場大雨敲打在旅館的簷篷

我知道那時遠方也有一場風雨

落在眺望客運車站的那扇窗門上

歲月的白

浮懸在天空的一片白
終將在山巔後消散為無奈與悲愴
那時我臥病在潯陽江畔
看滿空星火傾瀉成遍地江湖
城市和冬季都在窗外
那面魚旗幟已垂落而風仍在山外

風刮起了一個昏黯的暮年
歲月在降落，歲月覆蓋著一片皚白
舊的痕跡仍在而我有了新的逆旅
推開了那厚重的大門尋釁滋事去

夜間，染黑後的城市是一座堡壘
埋藏著那段消失了的日子

燦然

燦然的光華浮懸在不分晝夜的天空上
沒有日月和星宿運行，那恆久不滅的空間
我闖入，並因此讓生命給濃厚的灰圍困著
隱藏著的斑豹和土狼環伺曠野

貧困的黯然低首與富裕的昂然挺拔
急風驟雨裏街道如蛛網般顫慄
是失誤的是失意的最終是失敗的
如棄嬰般只能孤身上路

鏡外

在孤絕的空間內守候著一扇門影後的茫然如春霧

那藏身在陰霾裏的潮濕成了一個悠長季節讓夢也蹣跚

玻璃窗外是模糊了的城市恆常燃燒著節日華麗的燈火

風揚起的遍地闌珊漫漶為我心裏的荒原瘠土

歲月萎縮成一籃子擱在餐桌上的乾果

蘊含的水份和甘甜消失為味蕾中的憶記

夢與現實相互抵捂，並糾結成模糊的面容

有人在菸煙後從容坐著並計算著點滴的甜苦

鏡子裏的色彩已成形而我已是鏡外無盡的灰燼

夜間

夜如一個披著黑色頭篷的老者終於蹲在岔路口
我流落在這個小鎮並憐惜著一個溫暖日子的消逝
拋上錢幣換回一些樹幹上的成熟歲月
有葡萄的甘甜香蕉的生澀與乎南洋雜果的熱情

抱著的仍舊是空虛，整個空間仍舊是空洞
不發一言的睡與醒間，便感到中年身軀的頹壞
如果是遊戲那我最終會揚起被褥宣告投降
忽然靜下來的老者，他點起了香煙
我看到夜間的臉孔，同我一樣的蒼老

汕尾抒懷

海灣

那是南方的漁網繫在午後的桅杆上
我站在海的邊緣，看不到那些無憂的陰影
而我知道背後悠然自得的城堡已在
一場夾雜著長戟短劍的戰爭中塌毀

披戴著硬殼或揮舞著利刃的都已過去
如今擠在穹蒼底下默然相對
柔軟或者再柔軟，成了一種存在的方式
漸漸感覺到黑暗海面上羸弱漁火的強大力量

我相信浮蕩的生命，和擺渡

窗櫺外的星子是一幅古舊的地圖

記載了一個王朝的殞落，和遠去

那是詩歌的語言，如同泡沫的冷暖

今夜紅海灣的潮水漲而復退

我永恆的呼息聲縈回在悠長黑夜裡

抱著自己的體溫如一具蠟燭慢慢燃燒

天明了，昨夜都成了枕邊的夢痕

舊城

白鷺的翱翔牽引著那海天渺渺間的一線
門扇關閉了，思想如石塊沉沒海底
有一種寄居的方式讓我可以卸下歲月的包袱
那裏只餘一張床，並收藏了白晝的陽光
暗夜的房間是另一種色相的暴露
我看到我軟弱的生命在漆黑裡掙扎
然後如胚胎般蜷縮在微塵裡
沒有勝利者，所有詮釋均是欺世盜名

成敗都將消逝，並分不清楚悲歡
憶記起焚燃過的眼睛和亢奮中的囈語
在這裏看著無際的海，僅僅一個人的午間
城區那邊的街渡來了，欲望開始孕育

星象圖的推算將在今晚兌現
一場雨灑落在二馬路的燈火和炊煙間
旅館外的春天潛伏著，如一頭慵倦的花貓
而床枕仍凌亂，那叫往事或前生

旅館

我們的旅館座落於這個城鎮的某條街道上
如一個城堡禁錮了幾許事物曾經霜雪
六月，窗簾外是南方無垠的靜默和湛藍
飄懸著雲絮的光影、流浪的羽翼

夢想中的港灣應該比未來更貼近
麕聚著的船隻等候遠方風暴的訊息
我們卸下沉甸的記憶與昨天
穿過沙舌堤上大片的木麻黃帶

當黑夜降臨時點起一燈的羸弱

困在房間內，沉默和話語都零碎而殘缺

肢體如一尾放歸大海的魚

在幼滑的海床上把夢化為無聲的泡沫

鐵，打鐵成路

灰冷，堅硬，在風雨中滲出鏽紅

匍匐在這廣闊的土地上

白天是羽箭，拉滿了如弦的省界

隨著汽笛聲的鳴響，遠征的驃騎

瞬間便抵達那旗桿高懸的月臺

黑夜，是流星燃亮著尾巴掠過穹蒼
照亮那黝黯的稻田和靜謐的舊城區

和所有的漂泊者眺望天邊的浮雲
和所有的異鄉人，等待那
冬雨自北而南，灑落在這裡
道路縱橫，不滅的路燈一盞復一盞
隨著晝與夜延伸到家門口
牽掛的人與散淡的炊煙
都不過是旅程後的一次默然相認

歲月遷徙，歲月也不曾遷徙

我看到人潮洶湧，我看到夜色迷濛

告別的話語是南方季候鳥的呢喃

此刻舊年的葉子與歸來的容顏

都沾上了空氣中的鹹澀味

金屬是柔軟的信仰只因

這裡有一個港灣，它叫汕尾

去汕尾

年華和所有的消逝都是季節的必然

我不知道臨海的房子有沒有瞭望台

可以讓午後的肉身等待一次蛻變

夜幕降臨時，港灣和妳都沉寂如夢
無邊無際的黝黑裏有漁火在
述說著我此生的無依無靠

迎風招展的霓虹燈火，與遠行的人
都步向這茫然未知的街角
整個汕尾成了一條擱淺的魚躺著

正覺庵前隔河眺望鵝埠

那些嗜欲的飛蟲在我頭頂盤桓
並試圖停靠在我的肉身上
和著午間，在河邊，一蓋樹影下

我變的沉默無言而思想卻

如久被束縛的囚徒掙扎欲出

蟲虺與垃圾與自然，組合成一個世相

天下的賊呢，都關進囚房了嗎

背後柔和的音樂如誦經般流瀉

腳下的河靜靜隨風顫動，把鵝埠

推往一個極樂世界去

〔輯五〕2014年作品

馬年

那些馳騁的歲月終於露出它飛揚的尾巴
霧霾中那人的身影仍徘徊在
那一小截鋪著青石卵的死胡同內
今夜，陰冷的夜空如一罈老醪般沉靜

六十年前我來到這個濱海城市如今卻頹然老去
有太多的傷痕未癒令肉體依然在痛
曾經以夢為馬，在熱熾的故土上奔馳
那些晚上那些紅顏和那幾回扶欄的悲淒

甲午紀年，讓伏櫪的在深谷憩息
剩餘的願望是抵達夢想中的低窪地

花香鳥語外，生命已別無其餘

走來那人，扶著我慢慢安詳地躺下

登樓賦

泥土中埋藏著冬眠般的等待
大葉楠木交錯的枝椏如
一群滯留在瘠地的角鹿攏靠著
抵禦那突如其來的饑餓的吼聲

冬季來了，空巢暴露在天空底下
東邊有滾動的雲奔騰而來
如今，遷徙成了存在的唯一選擇
往事如風，如同陌路的人
佇立在日照相反的樓頭上

殘破的小舟承載不了歲月流動

青春的村莊愈漂愈渺

背後的城堡仍在風吹雨打中

卻落下了如花季般繽紛的色彩

此夜

此夜所有的話語都遠離了我，訊息都因為孤寂而隔絕
我落拓地窩居在一個無人知曉的片區
滿園的幽暗把我重重圍困著連月色都透不進來
窗前給砍伐了枝葉的紫薇樹與我靜默對坐
那些淡薄的路燈脆弱地亮著如游絲般的氣息
是我的晚景啊，那些沒有果子沒有樹葉的頑固

沉淪

熾熱的話語和夕照的空間漸黯

門影後有人陸續穿越廊簷離去

月光的虛無塗抹到鐵欄柵處

匆忙在趕路的城市，駛出了末班車

此人的容顏太美艷

此人以冷漠的態度應對華燈初掛

在一張狹小的桌子前我屈曲著腰背

以沉淪的慾望感覺肢體的存在

思索

沒有剩下幾口的浪漫情懷
也會想到已逝去的溫熱春天
前面薑花陶瓷杯裏是一潭
乳白色的奶酪飲料

看到窗外雨天陰霾的倒映
反照出那個車站曾經的離與合
只是一個機會主義者沉靜的等待
而我卻把所有的往日都埋藏起來

再祈求半杯是沒可能的賜予

在這樣枯槁的一株喬木之下

仍有迷途的黑色候鳥過路時歇息

但我渴求能有這半杯奶酪且

保持肉體般的誘惑香味

那時我勾留在這個寒冷而饑餓的城市

紀念碑

當後退中的事物仍舊如老鋪子櫥窗般陳列時
那反照在玻璃上的季節便幻變為夢裏的色板
零六至一零年，我在城市中央大理石紀念碑下走過
如今頹垣敗瓦與剝落了的碑文已不復任何的追溯

理想國

如在夢中闖進那個座落在填海區的城堡

華麗七色的夜空垂懸為荒野四極

十二星座聚攏列佈，湧動推移

千年以來的龍鳳此夜重生

歇坐著的人宴談甚歡

或沉默無言，算數著那金子和銀錠

年壽已是唯一的幸福

當渴求中的圖像成形

所有的軀體都脫離了靈魂如漂木

讓附身的妖物在肉體上萌生

彼岸

陸地的盡頭有筆直的欄杆把思念分隔在這裏

不能再跨越一步天涯的浪跡隨歲月戛然而止

連綿的海浪讓蒼涼的話語隨風散落成季候的羽翼

相遇並不能詮釋為一種必然的意義

積存了的殘念穿越在這舊城區曲折的小巷

又在綠化道旁的枝椏間，滋長在茫然的暮色中

翹首彼岸浮沉，是未來和晚景的畫圖

沒有不疲憊的靈魂也沒有不熄滅的西天

回望那相遇的廣場，褪去了所有燈火

年輕的步履和躁動的俗世是不測的一泓罪孽

沐浴著我的軀體讓我可以委曲地活著

我的存在，和這個城市，和這次約期

終會因為相對無言，化作密室般的幽黯

新世相

那些反過來的天空是一種沉默的背書
風雲中飄揚的黑髮如流星穿越草坪
城市是流動的花園而歲月是凝固了的塑像
我看到，前方有百鳥被籠罩在春霧中

今夜我又歇息在大道邊緣的旅館內
摒棄所有的雜念，專心一致地
為過往的事功和悔疚添加箋注
我沒有忘記聖賢的話，舉世混濁清士乃見

停止搜索那些無關要旨的泣嘆和笑語
讓天道去懲罰那些末世中歡樂的人群

案頭的書稿和罪咎一樣愈積愈厚

陽光透進密閉的房間，有我的落拓和枯槁

盛夏

熱是一種賜予的動力，讓我體內的血液洶湧
守候在一個城市裏，我以空幻來詮釋所有的情色
你絕色的背影在燈火下自焚，是這個盛夏
僅餘的絕望，冷卻了我的慾念

太陽高懸在樓宇上空，有蒼鷹在盤旋
在客觀的築構中容易令人現實起來
妳回頭看著我，落拓便如一場驟雨
打在這個季節赤裸的肉身上
我軟弱的，潛行在燈火闌珊如夢中

郴州四詠

夜宿莽山

莽山如波浪般起伏到無盡的天際
潛行的漂鳥在黑夜降臨時歇息在枝椏上
歸於靜止，大地傳來深沉的脈搏聲
孤獨的圓桌上我頹然醉倒

蟬聒與鳥鳴圍困著最後的深宵
躺臥在窗台上讓月色淹沒我的記憶
如一個逃亡者般，瑟縮在夢裏
我前生的容貌，在你的香煙中慢慢浮現

登天台山巔

梯階通往的，是前方一個無人知曉的孤島
我看著山腳的世界，想到我的前生
和我的棲息地。當下我是個俗子凡夫
累積淺薄的聲名和少量的財富

雲在腳下，或聚或散的自峽谷流瀉而下
我如一尾鱒魚般逆流而上
耗盡了我衰敗的體力和淺薄的緣份
登山，只因我孑然，賸下今生

郴州旅舍

已無當日的樓台和津渡，只餘那一點落拓
與你相同。郴州的街頭早上下著一場雨水
車過郴江抵達郴山腳下，尋訪山中的
郴州旅舍時。雨已歇在山外的樓群上

春寒已遠，是日立秋。孤館的窗欄和樹影間
已無踏莎行草讓人吟詩誦句的雅興
瀟湘在城外以北，訊息卻在遙遠的南粵
我感到在書頁間撫平了的，是那不捨仍在

登蘇仙嶺俯瞰郴州全景

郴州此時是永恆的，而我僅是一個過客
幽邈和無垠的山河如一間旅舍
看著浮雲變幻，我逐漸老去
路過屈將室，才發覺往事就在我們前面

身後是蜿蜒的山徑和孤寂的車站
所有的嗟嘆都輕如風中的落葉
看群山環抱，數不盡的峰巒與夕照
看自身的薄倖，才有這般的流徙

不能為 X 命名

鏡裏的X，不動色聲地躺下

它維持著優雅的姿勢

像一籃擱置在房間內的秋天果實

櫻桃緋紅、葡萄紫棕

柚子橘黃、木瓜淡青

還有鮮嫩如沾了水珠的紅毛丹和

不明產地來源的，有著皮膚般色澤的藕肢

秋分了，X仍舊裸著

如慾念般呈露著永恆的色彩

晝伏夜出的我總是惦記著房間裏的它

孤寂如飛蟲在悠長的夜間纏繞著燈光飛舞

而它，沒有名字，如何在夢裏呼喚
於是星光從陽台透進來，我和它
都把季節看作是一生一世

夜盡了

我就是那個消費自己悲痛的人（約翰‧克萊爾）

夜盡了總有未完的話語如那路燈延伸往黑暗
房間內的香爐，焚燒著的是另一個世界的幽冥
靠牆而坐的，是一個赤身露體的肉身
正緩緩在血和沉默中，衰朽為一座戰敗的城池

世間並無其餘，只剩罪孽和悲愴
揮霍金錢與日子，並改寫自己的傳記
有抱著他枯骨的人勸諫，沒有一個詩人
不在炎寒的輪替中把自己不斷埋葬

古鎮十行

三河在沉默無語時書寫了它的心事
路過的那些橋廊、樹木和影子
都像低著頭的沉思者
盤桓著的那條蛇，仍在休眠
牠纏繞著我的因緣

走在前方的背影是來生
臉容上的笑語是一篇禱文
斷續地宣讀著我昨日的罪孽
一場短暫的秋雨中
一人巷裏的光陰正哆嗦著

看螢火

那黑暗中浮蕩著的光芒
緩慢如同漸趨沉靜的話語
僅能以相互靠攏來保持溫度
沾濕的雨霧想起了蜿蜒而至的半生
緣，不過是一個晚上變改了
枕上的夢和來生的凝眸

我們的身後是今夜的旅館
旅館外是一泓明潭映照永恆的靜謐
一個看螢的少數族裔仍在守候
祭禮進行時，請你相信

那是一次沉默的燃燒
如浮蕩的螢火攏聚在心裏

二零一四年中秋

參加北京與合肥兩地的中秋詩會

前三天

漂流也有停佇的情況如京城的燈火
倦倒了的房間和亂置的行旅用品是
一些沉默的聲音讓歲月逐漸蒼老
夜間就如一個孤寂的人坐在對面

美好，常出現在一些難以逆轉的情境中
空曠的世紀壇上那濃厚的秋在孕育著
我看到，街道前西站單薄的衣衫
在風吹夜色中，有此生不完的枯候

前兩天

通過對話，我對存在有了新的認知
那是一種形成而我無法測度未來的所有
秋意漸濃中漸厚的衣衫與漸變的綠樹
都是一種天理在懲罰那些洩密者

外面盡是不可知的除非我說對了
那些溫度和水份令我感到被吞噬的必然
陌生與熟悉之間，應該有我的位置
那灰點如隙縫的小，也有消亡前的燦爛

前一天

我讀出了我的心聲向著茫然的未來
那時射燈都亮起我是孑然的孤立
風揚起了廣場的紙屑與節日的聲音
夜間告終，我把一切都放在夢裏

甜與苦澀，同時在味覺中浮現
身影與衣袂如夜色般輕
秋來了，月不來，緣或來了
而不知妳在哪個城市中，沉睡了

秋節

雨霧籠罩著這個悠長的夜晚
窗外的城，一條燈光大道沉寂如河
山外的巢湖倒影著這個殘缺的季節
天涯就在這裏，這裏是一間旅館

垂帘亮燈，擋不住浸淫的夜色
捲縮在床上，秋月只是一個瓶蓋
打開了所有沉澱已久的思念
然後天外的一切忽然都如雨滴般回來了

後一天

如詩人的遊宴般在紫蓬山上玩樂

那些寺廟和台階都鋪滿了秋光

午後堰灣湖上有秋空在歇息

詩意如廊亭的桂花般爭相飄香

今夜十字路口前與一頭雙峰駱駝相遇

我穿越了妳乾涸無影的眼眸

在保羅的口袋內搭建一座祭壇

召喚許多人圍聚在一起，拜月禱告

秋月夜

已經很深的夜了

窗外群燈都熄滅只餘

長途汽車站的燈火仍亮著

我躺在旅館的床上

讓存在蛻化成一隻壁虎

誤把牆壁看作大地且

以四肢牢牢地吸附著

朋友都已回到這個秋日的夢裏

我的歲月和落拓在寂然中

如漣漪般在水井裏迴盪

那些斑駁的磚塊和雜亂的蔓藤

把我圍困成一隻井底蛙

熱鬧和喧嘩在無奈中逐漸消沉

月色也無聲，漫漶成災

徹夜無眠

睡眠背著我，走到一個尋夢的地方
軀體逐漸滾燙，在這荒涼的秋夜
書房是寧靜的而心絮斑駁無依
卑微的甲蟲，翅膀已然受傷

今夜這城所有的燈火都燃亮
吼聲如獅攀爬到那個漆黑的窗戶前
窺視那背著黎明的佝僂身影
他握著的權杖，如同一根腐朽的枴杖

懼怕

愛裡沒有懼怕；愛既完全，就把懼怕除去，因為懼
怕裡含著刑罰。懼怕的人在愛裡未得完全。約翰一
書4：18

永不能救贖因為我已成為我的來生
在那年我已逝世，沒有黑衣人和吟誦者
我沉默的告別了我的惡與慾
或有人會躲在一角醒來枕上有淚痕
更多的怨恨如燈下的飛蟲
交織糾纏著一個又一個的夜間

現在我不再畏懼因為我沒有了愛

所有的門扇後，都坐著一個需索的夜叉

肉體和思想軟弱如同冬後之夢

歸還了我的所有，賸下的便僅餘文字

刑罰降臨在一絲晨光乍亮中

坐起來的，是我的靈魂，看到了自己

夢

夢裏不知身是客（南唐‧李煜）

沒有色彩只餘不同的灰黑
永遠是個旁觀者的陌生只餘好奇
沒有時間的流淌，也不分白晝黑夜
突然掙扎醒來，便跌落於陌生地
熟悉的世界在消亡著我成了
一團慾念在行走

生命很輕，肉體是虛幻的
只餘痛楚是無比真實
旁人話語的溫度也是虛假的

血脈冰冷如冬日之蘆葦

作客的日子裏我歇力地思索

我才存活，而整個世間都在聒噪中

隱居

那是一個簡樸的地段，在城市的西南

我隱居其中與外間斷絕聯繫

醒來時，午間的炊煙已升起

巷道那些店鋪叫賣著外地的風味

游移的時光安頓在一張木桌上

下午晃蕩著的冬日天空

有時會飄下陌生地的雨點

我躺在床，讀著朋友們的詩篇

三五句一節的文字與窗帘子上的

光陰，碎落在地毯上

城市的霓虹會慢慢燃燒

那是浪漫與悲傷混雜的時刻

對街那片店鋪門口懸掛著綵燈

鄉愁如久釀的酒仍在發酵

連接著那黯淡的小巷

擦身而過的途人我看不到

他們的悲歡離合

客車停靠在站前又叮咚的開走了

有人從城中回來又有人

往城中去，追尋失落了的身影

深宵終於降臨在書桌前

把筆記本打開並敲下了

我飄泊如無枝可棲般的生命

而你不知道，世界是冰涼的

我僅能加衣溫暖我衰頹的肉體

光芒

路途上，山嵐霧靄在身旁流動
若我登上峰頂則四週都渺然
脫離了隊伍，是一種孤單的處境
讓我擁有這蒼茫大地，和那一點
如這遙不可及的邊界以外的
烽火狼煙。我不能放下山外的風光
而那寄託浮生的寅夜星火
雖飄搖黯淡卻總散發著溫暖的光芒

八方的存在都變改著而這不變
盤算好的餘生將朝這光芒前行
衰頹的肉身與灰色的晚景

在路途中，任憑季候的妝點

思想在最痛的時刻都沉默

容顏脫去了往日的話語便塌下

那些漂流的板塊再併合不了

當我在窗台睡下，那光芒便隱去

八行詩五首

黑夜

最後的色彩正逐漸消散
灰色的天灰色的牆與那浮泛的
灰色的臉容，如一場濃霧
圍困著孤軍的我

麾下僅餘一盞燈，和一頭貓
狼煙四面升起黑夜愈迫近
欄外的舊城舊人都已變節
持續的叫喊中我寫下了投降書

故事

如一葉舟子浮在繁華之上
河床鋪滿彩石卵，流水把閃亮的燈火
推到下游的城邦，那裏有抑鬱症的公主
憑欄等待一顆流星，劃過南方

你乘坐的摩天輪卡車已升到夜色之上
猶疑中，你丟失了幸福的未來
遠方黝黑的山陵起伏著微弱的脈搏
卡車降落地面，你生命最闌柵處

生於今晚

生於今晚，我僅僅是暗室裏一盞孤燈
微弱的光頑抗著層層的圍堵
方圓內已無相映照的涯岸與鷗鳥
所有一切連同牆壁都懸浮著

世界在睡眠，只剩下渾沌般的相互牽引
我穿越複雜的甬道來到門前
門後黎明將至，是一個陌生國度
靜止的運行累積了力量，讓我誕生

鳥窩

竟是那麼寂寥連陽台的貓也睏睡去
蒼老了的天空瑟縮於一場秋雨後
風過去，地下鐵月台我聽到天使在廣播
我不抵達天堂，只抵達夜色之上

他們是燄火，是色彩，是一群鷗子
穿越了真理的樊籬困居一個房間
季節已不再更迭秋葉落盡
世界是個鳥窩，築在枯樹上

歲暮

時光已經很老了，我感到它的衰頹
那些縱橫的巷子裏飄著冷雨
來生只餘一個背影徘徊在轉角處
我等候在一個偏遠的房子中

生命寂靜，寂靜之外已無其餘
繁花與煙水都與我無關
在江南，卻到處都是陌生的燈火
那悠長的呼息聲如歸櫓在蘆葦深處

近事

纏繞著我的那些歲月已轉換了色彩和季節
我忘卻了床褥凹陷的形狀與枱燈的亮度
當一切都隨風而逝只有埋藏著的心事如落果
風中乾枯的在潮雨天時滋長如輪迴

〔輯五〕2014年作品

後記／孤寂的城和孤寂的詩
——《台北翅膀》編後隨筆

1

大概在零八年下半年，我的生活便陷入一個「孤寂」的境況中。而我也終於體味到，生命中的孤寂，是何等的模樣。那並非都市人在熱鬧過後的孤單，失戀時的苦悶。而是一種最接近生命本質的「存在」。我現在以為，理想中的生命，要不是尋覓到那「三生才遇上」的那人，要不便是孤寂的活著。二擇其一。

2

那個「三生才一遇」的，很難說。應該在現實的財與色以外。那是一種生命內涵的契合，在感覺與體悟而不在言語。而冥冥中又好像是有種隔世的熟稔。於焉，對語言的局限與柔軟便更有了體會。詩歌，其實別無其他，說穿了就是「語言的操作」。可這種操作也不能單憑學養和創作經驗，而是一個包含內涵與外觀的總體能力。詩歌語言，是最強大的一種語言，其力量可以直戮事物的核心，呈現出真相來。而那僅僅傳情達意的生活語言，卻是浮泛、多變、虛假的。白話詩，是運用詩歌語言，書寫世間

後記
163

萬象事物背後的真相。而不在題材，不在技法，也不在詩壇上糾纏不休的許多爭辯。詩人，不擅邏輯推理的定義，討厭口耳相傳的是非。而獨愛迷霧與灰燼般的本質，因為那便是生命的本質。而所謂生命的意義，便在於以詩歌來尋回其本質。

現時詩歌最大的弊病是，詩人對生命的體悟不足，語言操作不嫻熟，寫下了大量足夠說服自己、瞞騙世人的「偽」文學。生命一旦尋找到「真」，突破題材的「善」（任何題材都是善），突破技法的「美」（任何技法都是美），隨之同時呈現。故此詩歌的優劣，不在題材也不在技法，而在語言。道理很簡單，因為良好的語言總拒絕膚淺，也難以宣揚偽善、矯情與假道學。其實很多詩人並不適合詩歌書寫，他們更應該返回一種平實的散文述說上。

3

《台北翅膀》收錄了我2010至14年共五年的詩作。這些作品既不如我意，我猜想當然也強差人意。編輯工作的這幾個月時間，因為生活上某些變改，對詩歌我又有了一個新的看法。所謂不如我意，是從生活變改後看這些「舊作」。但詩與詩人，當世的聲名並不重要。能為一顆星子命名，在浩瀚宇宙中，閃耀微光，溫暖了人間世的幾許柔弱心靈，便已足夠。

台北城是我喜愛的一個人間世。其樓宇其街巷，其城市邊

緣的山巒與天空，其糾結難分的市廛與汽笛，彷彿有我的前生。台北城有詩歌，有浪蕩其間的詩人，有詩的場景與舞台，有詩歌的捷運與步道，更有無數優秀的詩歌本子。那是一盆孕育生命的水，可以讓詩人洇泳而不沾污其魂魄。

好多十年了。我客寓台北，常下榻於大安城區。那裏有台大校園，有森林公園，有師大夜市，有鮮為人知的紫藤盧與莫宰羊。人潮熙熙攘攘，生命磨磨蹭蹭。華燈初上我外出尋友，萬家燈火我孤寂歸來。漫長的深夜，常伴我的，便是窗外的這城。有時一月懸空，有時星雲相擁，我與城孤寂相對，徹夜無言。惟有詩歌，可以忠誠而坦露的相依。生命的本質是孤寂，詩歌便是書寫這孤寂的城。詩歌與城，因孤寂而相連掇。

4

詩已把我的全部說出。我說生命，不想再說有關我的詩。八月四日深宵我看到秀威出版社編輯林千惠給我的電郵，說決定要出版這本《台北翅膀》時，心裏極其平靜。那時我正思考斟酌，為一首叫《認定》的詩定稿。詩是just poem series的第15首也即最後一首。末節如後。

　　而歲月也老，步向衰頹。穿越
　　那曲折縱橫的市廛之中

我的修行如僧伽，詩般簡單的文字
較之歷史和肉身，更栩栩如繪

　　不知有沒有人明瞭詩歌與生命的關係。於我而言，詩歌是一種最強力的語言，能與生命溝通，撫摸到生命的本質。而生活的語言，總有誤傳錯說。在這般話語勞累的人間世，這足夠為我的孤寂，作了注腳。

　　　　　　　　2015.9.20.午後5時，香港新界將軍澳婕樓

讀詩人76　PG1457

 台北翅膀
　　　——秀實詩集

作　　者	秀　實
責任編輯	林千惠
圖文排版	周妤靜
封面設計	蔡瑋筠

出版策劃　釀出版
製作發行　秀威資訊科技股份有限公司
　　　　　114 台北市內湖區瑞光路76巷65號1樓
　　　　　電話：+886-2-2796-3638　傳真：+886-2-2796-1377
　　　　　服務信箱：service@showwe.com.tw
　　　　　http://www.showwe.com.tw
郵政劃撥　19563868　戶名：秀威資訊科技股份有限公司
展售門市　國家書店【松江門市】
　　　　　104 台北市中山區松江路209號1樓
　　　　　電話：+886-2-2518-0207　傳真：+886-2-2518-0778
網路訂購　秀威網路書店：http://www.bodbooks.com.tw
　　　　　國家網路書店：http://www.govbooks.com.tw
法律顧問　毛國樑　律師
總 經 銷　聯合發行股份有限公司
　　　　　231新北市新店區寶橋路235巷6弄6號4F
　　　　　電話：+886-2-2917-8022　傳真：+886-2-2915-6275

出版日期　2016年2月　BOD一版
定　　價　200元

國家圖書館出版品預行編目

臺北翅膀：秀實詩集 / 秀實著. -- 一版. -- 臺北市：釀
出版, 2016.02
　　面；　公分
BOD版
ISBN 978-986-445-083-1(平裝)

851.486　　　　　　　　　　　　　104028420

讀者回函卡

感謝您購買本書，為提升服務品質，請填妥以下資料，將讀者回函卡直接寄回或傳真本公司，收到您的寶貴意見後，我們會收藏記錄及檢討，謝謝！

如您需要了解本公司最新出版書目、購書優惠或企劃活動，歡迎您上網查詢或下載相關資料：http:// www.showwe.com.tw

您購買的書名：＿＿＿＿＿＿＿＿＿＿＿＿＿＿＿＿＿＿＿＿＿

出生日期：＿＿＿＿＿年＿＿＿＿＿月＿＿＿＿＿日

學歷：□高中 (含) 以下　　□大專　　□研究所 (含) 以上

職業：□製造業　□金融業　□資訊業　□軍警　□傳播業　□自由業
　　　□服務業　□公務員　□教職　　□學生　□家管　□其它＿＿＿

購書地點：□網路書店　□實體書店　□書展　□郵購　□贈閱　□其他

您從何得知本書的消息？

　　□網路書店　□實體書店　□網路搜尋　□電子報　□書訊　□雜誌

　　□傳播媒體　□親友推薦　□網站推薦　□部落格　□其他＿＿＿＿＿

您對本書的評價：(請填代號　1.非常滿意　2.滿意　3.尚可　4.再改進)

　　封面設計＿＿　版面編排＿＿　內容＿＿　文／譯筆＿＿　價格＿＿

讀完書後您覺得：

　　□很有收穫　□有收穫　□收穫不多　□沒收穫

對我們的建議：＿＿＿＿＿＿＿＿＿＿＿＿＿＿＿＿＿＿＿＿＿＿

＿＿＿＿＿＿＿＿＿＿＿＿＿＿＿＿＿＿＿＿＿＿＿＿＿＿＿＿＿＿＿

＿＿＿＿＿＿＿＿＿＿＿＿＿＿＿＿＿＿＿＿＿＿＿＿＿＿＿＿＿＿＿

＿＿＿＿＿＿＿＿＿＿＿＿＿＿＿＿＿＿＿＿＿＿＿＿＿＿＿＿＿＿＿

11466
台北市內湖區瑞光路 76 巷 65 號 1 樓

秀威資訊科技股份有限公司　　　收

BOD 數位出版事業部

⋯⋯⋯⋯⋯⋯⋯⋯⋯⋯⋯⋯⋯⋯⋯⋯⋯⋯⋯⋯⋯⋯⋯⋯⋯⋯

（請沿線對折寄回，謝謝！）

姓　　名：＿＿＿＿＿＿＿＿＿　年齡：＿＿＿＿　性別：□女　□男

郵遞區號：□□□□□

地　　址：＿＿＿＿＿＿＿＿＿＿＿＿＿＿＿＿＿＿＿＿＿＿

聯絡電話：(日) ＿＿＿＿＿＿＿＿＿＿＿＿ (夜) ＿＿＿＿＿＿＿＿＿＿＿

E-mail：＿＿＿＿＿＿＿＿＿＿＿＿＿＿＿＿＿＿＿＿＿＿